Undergiven Bibliotekarie

och andra berättelser

Erika Sanders

Undergiven Bibliotekarie och andra berättelser

Erika Sanders
Serier
Dominans och erotisk underkastelse

Synopsis

5

Undergiven Bibliotekarie är en roman med starkt erotiskt BDSM-innehåll och i sin tur en ny roman som tillhör samlingen Erotic Domination, en serie romaner med högt romantiskt och erotiskt BDSM-innehåll.

(Alla karaktärer är 18 år eller äldre)

Anmärkning om författare:

Erika Sanders är en välkänd internationell författare, översatt till mer än tjugo språk, som signerar sina mest erotiska skrifter, långt ifrån sin vanliga prosa, med sitt flicknamn.

Index:

UNDERGIVEN BIBLIOTEKARIE OCH ANDRA BERÄTTELSER
ERIKA SANDERS

UNDERGIVEN BIBLIOTEKARIE

13

"Fröken, skulle du vara så snäll att visa mig var de erotiska böckerna finns?" sa en mansröst bakom mig.

Jag frös, mina fingrar fixerade på tangentbordet på min dator.

Ett ögonblick slöt jag ögonen och svalde.

Jag kände att de nedre musklerna inuti mig spändes.

Jag kände hur mina bröstvårtor stelnade mot satängen på min behå.

Det var inte hans ord, det var hans röst.

Det var vad han gjorde mot mig.

Jag fortsatte att lyssna på honom även nu när han hade tystnat, och det väckte i mig en önskan om den välbehövliga befrielsen.

Det var väldigt smidigt.

Som vit chokladtryffel, mitt universalmedel, som glider ner i halsen.

Djupt, precis som när jag...

Jag andades in, släppte långsamt andan, mina fingrar rullade sig nu när jag försökte hålla balansen.

"Jag hjälper dig gärna, sir."

Jag utbröt ett mjukt men hörbart flämtande och ett omisskännligt stön.

När jag vände mig om hörde jag min egen vassa andning.

Han stod på andra sidan receptionen, solglasögonen fortfarande på, hans fasta läppar darrade lätt.

Jag insåg att jag ville le.

Jag spårade linjerna i hans röda mustasch och bockskägg med ögonen, min tunga rann ut för att slicka min underläpp även när jag försökte motstå rörelsen.

"De erotiska böckerna, fröken?"

Jag höjde mina ögon och föreställde mig vilka idéer som flög genom hans huvud.

"Ja, herre, den här vägen."

Jag gick runt disken, mina knän skakade lite.

Jag stannade för att återfå balansen och förbannade mig själv för att jag hade de svarta höga klackarna idag.

De skulle vara ett helvete att ta sig ner för trappan till nedre våningen.

Jag kände värmen från hans kropp bakom mig när vi gick mot referensdelen.

Jag höll händerna fästa på sidorna och ville nå honom.

Vill vara på min rättmätiga plats bakom honom, låta honom vägleda mig.

Men jag behöll mitt professionella lugn och fortsatte att arbeta oss igenom uppslagsverkens hyllor.

"Damer först", sa han när vi nådde ingången som ledde till våningen nedanför.

Jag himlade med ögonen och visste att han inte kunde se dem.

Men en del av mig önskade att han hade gjort det.

Jag undertryckte ett fniss och tog tag i ledstången och började den långsamma nedstigningen.

Jag kunde vara en dålig tjej när jag ville.

"Var det något speciellt du letade efter, sir?"

"Den erotiska romantiken. Jag skrev namnet jag letar efter på ett papper. Låt mig se om jag kan hitta det."

Vi hade nått botten utan olyckor, även om min häl hade fått tag i kanten på de smala metallstegen två gånger.

"Nya eller begagnade, sir? Resten av de nya pocketböckerna förvaras här också. Vi har dem bara på övervåningen i ett par månader."

"Ny, bättre."

"Då måste vi gå den här vägen", sa jag, svängde till vänster och gick nerför en svagt upplyst hall, min puls ökade för varje steg.

Hans andetag blev tyngre när han följde efter mig.

Våra skor klickade på källargolvet, ljudet dämpades av bokhyllorna runt omkring oss.

Ovanför oss brummade och flimrade ett ljus.

Jag gjorde en mental anteckning för att rapportera den trasiga glödlampan.

"Vad hette boken?"

"Jag verkar inte hitta min anteckning. Men författaren började med E och efternamnet Sanders, Erika? Jag skulle veta titeln om jag såg den."

Jag pekade på en uppsättning hyllor på andra sidan rummet.

"Det kanske är bäst att börja där då."

"Efter att du missat."

Jag kände hans hand på min rygg när vi närmade oss rätt avsnitt.

Jag slöt ögonen kort och ville stöna.

Det hade verkat som länge sedan jag kände hans beröring, även om det bara hade varit tidigt i morse.

Genom min skjorta kunde jag känna värmen från hans hud bränna min.

"Jag skulle kunna hjälpa dig att titta om du kunde ge mig en ledtråd. Ett ord kanske?"

"Sex. Jag tror att det hade något med sex att göra."

Hans röst var en låg viskning mot mitt öra.

Sedan tryckte han sig mot mig och knuffade mig mot ett litet skrivbord i slutet av korridoren.

När jag inte kunde gå längre ökade han trycket på min nedre rygg och lutade mig framåt.

"Men mitt intresse för att läsa avtar just nu. Jag vill hellre uppleva det."

Jag flämtade och tog tag i kanten av skrivbordet för att hålla mig stabil.

Mina bröst smällde mot den kalla, hårda toppen.

Jag stönade när jag kände hans upphetsning genom hans byxor och min kjol medan han sakta gned sig mot mig bakifrån.

Jag slukade medan hans hand gled längre söderut och smekte min rumpa.

Håller fast vid kjolen.

Dra ner mina trosor till knäna.

När hans fingrar borstade mot min fitta, tryckte mellan mina svullna läppar, gnällde jag högt.

" shhh "

Han fortsatte att smeka mig så långsamt att det blev tokigt.

Hans andra hand lekte med mitt hår och lossade bullen som han noggrant hade lagt på den i morse.

Jag bet mig i underläppen och vilade kinden mot skrivbordet.

Jag gnällde igen när hans hand försvann mellan mina ben.

"Var en bra tjej. Rör dig inte."

Jag hörde honom spänna upp bältet och dra upp dragkedjan för byxorna.

Jag hörde hans mjuka suck när han förmodligen befriade sin kuk från sina boxares ramar.

Jag hörde mitt eget hjärta slå vilt i mina öron.

"Kom nu ihåg, fröken, vi är i ett bibliotek. Jag har hört att det finns strikta regler för att göra höga ljud. Och straffet för att bryta mot dessa regler...ja, jag är säker på att du är medveten om vilka plikter det är att vara en bibliotekarie är och allt det där." ".

Hans fingrar smekte min fitta igen.

Men något stämde inte.

Han tog också tag i mina höfter med båda händerna.

Jag stönade av glädje när jag insåg att det var hans kuk som gnuggade mig där.

Ett högt knall hördes när det träffade min bara botten och fick mig att hoppa och skrika.

"Jag ställde en fråga till dig, fröken."

"Jag-jag är ledsen, sir."

"Är du uppspelt?"

"Ja sir."

Han pressade framåt, hans kuk penetrerade aldrig så lätt när han gungade höfterna fram och tillbaka.

Jag spred benen så brett de kunde med mina trosor som fortfarande tryckte ihop mina knän.

När han väl var helt inne i mig flyttade han en hand till min nedre rygg.

Han virade mitt lösa hår runt sin andra hand och drog.

Jag skrek och tittade på den kalla grå väggen.

Han hade den så stor inom mig och sträckte mig brett.

Han flämtade när han gick in och ut lugnt.

Han slog min rumpa igen och böjde mig sedan över skrivbordet igen.

"Det här är en bra flicka. Fin och tight. Mycket blöt. Precis som din herre gillar dem."

Jag stönade och min kropp bad honom att föra mig till klimax.

Återigen gungade jag mot honom och följde hans rytm.

Det gav mig ännu en hit.

"Rör dig inte, lilla. Jag jävlas med dig. Du får din chans senare. Och håll käften."

Jag försökte att inte göra oväsen.

Jag försökte väldigt hårt.

Jag visste att det fanns andra människor på biblioteket, men ingen brukar gå ner i källaren.

Men av alla dagar för någon att vandra här, kan idag vara dagen.

Och ändå önskade jag också att någon skulle hitta oss jävla så att jag kunde omfamna den där biten av exhibitionism gömd någonstans inom mig.

Men när han dök in och drog ut, drog i mitt hår, kunde jag inte låta bli att stöna och flämta.

Skrek när han bestämde sig för att slå mig.

Han knullade mig i flera långa minuter.

Det kändes så bra.

Men i denna vinkel kunde hon inte nå orgasm.

Och han visste det.

Han släppte min rygg, höll fortfarande tag i mitt hår och slog min rumpa.

Stark.

Hans röst väste när han frågade:

"Gillar du det, älskling?"

morrade jag.

"Ja herre! Jag gillar det svårt"

"Ja, vadå lilla?"

Det slog mig igen.

De skarpa ljuden och korta smärtan när hans hand kopplades mot min bara hud tävlade med mina skrik.

Speciellt när han fortsatte att trycka in sin stora kuk i min fitta.

Jag kunde inte tänka.

Jag kunde inte prata.

"Jag väntar."

Ännu ett slag.

"Om jag älskar!" Jag flämtade.

"Duktig flicka."

Hans fria hand gled under mig och smekte min klitoris.

Jag skrek när min kropp skakade.

Men det räckte inte till.

Hans hand försvann och han drog sig plötsligt tillbaka helt.

"Res dig lilla du och vänd dig om."

Mina ben var domnade när jag lydde.

Jag lutade rumpan mot skrivbordet ett ögonblick, men ställde mig genast upp igen och grimaserade.

Jag trodde inte att jag skulle kunna sitta ner några timmar.

"Ta av dig kläderna."

Jag öppnade min mun, men stängde den när jag såg honom luta ner huvudet och titta på mig genom kanten på sina solglasögon.

Jag drog upp min kjole och drog av den, samtidigt som jag drog ner mina trosor.

Jag knäppte upp min blus, tog av den och la min BH i den växande högen på golvet.

Han tittade på mig med ett leende på läpparna, hans tunga stack ut varje gång han avslöjade mer av min hud.

Sedan lossade han slipsen och släppte den.

Han snurrade fingret i luften.

Jag vände mig om ännu en gång.

Tyst tog han mina händer, drog dem bakom min rygg och knöt dem med sin slips.

Sedan tryckte han på min axel och jag vände mig mot honom igen.

"Luta sig tillbaka."

Jag bet mig i underläppen, men lydde.

Min rumpa var fortfarande väldigt öm, särskilt när kanten på skrivbordet grävde sig in i mina blåmärken.

Och nu med händerna bundna bakom ryggen också, kunde jag inte använda dem för att stödja min kropp.

"Spre på benen. Bra tjej."

Han vilade sin vänstra hand på min högra axel för att balansera mig innan han täckte min fitta med sin andra hand.

Jag slöt ögonen när två av hans fingrar tryckte mellan mina svullna läppar och gnuggade min klitoris.

Jag lät huvudet falla tillbaka och gick bort från honom mot väggen bakom mig.

Han tvingade mina ben längre isär och lyfte min fitta så att hans fingrar kunde smeka den djupare.

Jag glömde allt om smärtan.

Och hur sårbar jag var om någon fångade oss.

Allt jag kunde tänka på var att nå den där klippan och falla handlöst efteråt.

Han klättrade och klättrade och klättrade... stönade under min nick.

"Åh, lilla. Vad sa jag till dig om att vara tyst?"

Jag flämtade när han tog bort sin hand och drog mig upp på fötter.

"Gå ner på knä."

Jag gnällde när han hjälpte mig på knä.

Mina händer vilade på min ömma rygg.

Kanterna på hans slips borstade baksidan av mina lår.

Jag kunde fortfarande känna sticket av hans beröring, värmen från min hud där hans händer hade varit.

Min fitta knöt ihop sig av tomheten som var där nu.

"Öppna munnen."

Jag lutade huvudet bakåt och tappade käken.

"Duktig flicka."

Han smekte min kind med baksidan av sina fingrar ett ögonblick.

Sedan stoppade han tummen i min mun, fuktade den med min tunga och gned fingret över min underläpp.

"Du är så jävla härlig, min dam. Min tjej."

Med det lyfte han sin kuk och bytte ut sin tumme med huvudet på sin kuk.

"Slicka den."

Jag stack ut tungan och täckte spetsen med min saliv.

Han gned sin kuk fram och tillbaka och runt mina läppar.

Och så stönade jag.

"Vad ska jag göra med de där ljuden du gör?"

Han kuperade min haka, ryckte försiktigt för att få mig att öppnas bredare och gled sedan in sin kuk i min mun tills den vilade på min tunga.

"Ja, det kan fungera för att få dig att hålla käften."

Jag blinkade, men höll blicken på hans ansikte.

I hans leende kunde jag se min spegelbild i hans glasögon och jag stönade igen.

Han tryckte sin kuk djupare in i min mun och fick mig att munkaka.

Han drog sig långsamt tillbaka och gick sedan in igen.

Om och om igen fyllde han min mun, hans stela hud skavde mot mina våta läppar.

Han drog sig ut helt och slog sin kuk mot mina läppar några gånger.

"Ta ett djupt andetag."

Jag stängde munnen och svalde, smakade mina egna vätskor och hans precum på min tunga nu, och sedan öppnade jag den igen.

"Vilken bra tjej."

Han fortsatte att skjuta in sin kuk i min mun igen, hans händer på vardera sidan av mitt huvud.

Sedan sköt han sina höfter fram och tillbaka, knullade min mun som om han hade min fitta.

Han fortsatte i flera långa minuter, tog tag i mitt hår med ena handen nu och höll mitt huvud bakåt.

Då och då sa han åt mig att suga eller slicka bara kronan.

Och han stannade ibland, grävde ner sin kuk så djupt att jag kunde känna den i min hals och jag kunde känna hans bollar mot min haka, den kryddiga lukten av hans manlighet invaderade min näsa.

Han sträckte sig ner och nypte min bröstvårta eller smekte mitt bröst flera gånger, men han dröjde aldrig för länge och fyllde alltid min mun med sin kuk på det djup och den hastighet jag önskade.

Jag gnällde och gnällde, men ljuden jag gjorde var nu dämpade.

Och hela tiden viskade han uppmuntrande ord.

"Det är din herres duktiga flicka. Gud, det känns så bra att ha din mun lindad runt min kuk. Ja, älskling. Sådär. Mmmm. Fortsätt så."

Med all denna rörelse gled mina glasögon nerför min näsa.

"Titta på mig, lilla. Åh älskling, du är så jävla varm så här. Min kuk i munnen, dina ögon på mig. Du är så hjälplös, utlämnad till min nåd. Och de där glasögonen. Åh, shit!"

Han knullade mig några gånger till, och sedan kände jag hur hans heta sperma slog mot baksidan av min hals.

Han höll mitt huvud stilla, hans kuk tryckte mot min tunga och min mun.

När han var klar sa han:

"Slicka den. Lämna den ren, älskling."

Jag gjorde så gott jag kunde utan att använda händerna.

"Det här är min duktiga tjej."

Han strök mitt hår tills han var nöjd.

Han hjälpte mig att resa mig och satte mig på skrivbordet.

Innan jag hann reagera, kastade han en hand i min fitta och täckte min mun med sin, och tystade mitt överraskningsrop.

Hans andra hand täckte ett av mina bröst och smekte till sist min ömma bröstvårta under hans handflata.

"Cum för din herre, baby," viskade han när han lät mig andas.

Sedan kysste han mig igen, tryckte sin tunga mot min samtidigt som hans fingrar lekte med min klitoris.

Den här gången klättrade jag på den klippan och föll till slut, min kropp skakade under den.

Han svalde mina skrik, hans kropp täckte min, tryckte mig mot skrivbordet och väggen, tills jag låg stilla under honom.

Jag blinkade när han steg tillbaka, fick sin kuk i fickan och jämnade ut hans kläder.

Han hjälpte mig att stå upp igen och knöt upp mina handleder.

"Klä på dig, lilla. Fixa håret."

Jag plockade upp mina kläder från golvet förvirrad.

Jag drog snabbt in håret i en bulle och rätade ut mina glasögon.

När jag väl var klädd igen kupade han min kind och log mot mig.

"Nu, om den där boken jag letade efter..."

Jag harklade mig och drog en slumpmässig bok från hyllan.

"Jag tror att det här är den du ville ha, sir. Den var här i sikte hela tiden."

"Vad rätt du har, fröken. Jag är så glad att det finns en kompetent bibliotekarie när du behöver en."

"När du vill, sir," log jag och lämnade hyllorna. "När som helst du vill är jag här för att tjäna dig i vad du än behöver."

SEXUELL LUCKAN

27

Min älskade, jag vill att du ska sitta framför din dator och visa en bild, en visuell bit, som en fitta.

Inte ansiktet och kroppen, bara knäna böjda och benen spridda.

Med långa och vackra eleganta fingrar som separerar slidläpparna något.

Föreställ dig att jag går in och sitter vid det här skrivbordet fullt påklädd.

högklackade, ankelomslutna, spetsiga svarta läderskor på vardera sidan om dig.

Du lutar dig tillbaka och ler och jag lutar mig bakåt leende också.

Jag lyfter på min tunna, silkeslena svarta klänning och du ser att mina trosor saknas och glansen av min väta på min slits är redan märkbar.

Du kommer att se spetsen på en svart korsett som strumporna också är fästa på.

Jag lyfter min klänning med båda händerna uppåt, drar den över huvudet och avslöjar för dig läderkorsetten som bara är några centimeter bred.

Mina bröstvårtor är upprättstående och höga samtidigt som de sticker ut från toppen.

Du lutar dig in, men jag är här för att leka med dig och jag använder mina spetsiga skor för att hålla dig där du är.

Jag ser en märkbart växande kuk som måste komma ut ur hans byxor och jag ber dig knäppa upp dem.

Jag drar min tunga längs mina läppar längs deras längd och ler, medan du glider ner i byxorna.

Huvudet på din kuk sticker ut ur dina boxare och den har också en lite krävande glans.

Det är så här av en god anledning.

Den här synen av din upprättstående kuk tänder mig plötsligt och jag ber dig att slicka mig.

Du lutar dig framåt och gör det och delar mina läppar lätt för att hitta min klitoris.

Man tar det i munnen så sticker det ut lite mer.

Jag behövde bara beröringen av din tunga för att få mig igång.

Medan jag blir bekväm ber jag dig att ta din kuk i din andra hand och stryka den lätt.

Du gör det, men jag kan säga att du behöver mer, det här räcker inte.

Jag tvingar dig att gå på knä för att ta dig helt in i min mun, omväxlande slickande från basen till toppen, från toppen till botten och tillbaka till bollarna, slickande insidan av där grenen är.

Du gillar det du ser när jag ligger på knä, min rumpa är tunn som några centimeter bred och mitt anus är tätt och inbjudande.

Jag reser mig upp igen för att jag börjar närma mig klimax.

Jag reser dig upp och dina byxor går ner förbi dina knän.

Du har fortfarande skorna på, slipsen fortfarande knuten men tröjan uppknäppt hela vägen ner.

Jag älskar att behöva se så mycket av din hud som jag kan.

Nu när du står ber jag dig vända ryggen till mig .

Må du öppna dina ben så mycket att jag kan knäböja bakom dig.

Min tunga slickar dina ben, slickar dina bollar och till och med sprickan i din rumpa, slickar och virvlar min tunga runt din anus.

Jag tar upp en vibrator ur väskan och frågar om jag får använda den på dig, men innan du svarar lägger jag den mot din hud.

Med min mun har jag lämnat saliv över hela din rumpa så att allt är smord.

Jag sätter den på låg hastighet och kör den över dina bollar och mellan dina bollar och rövhålet.

Min andra hand går mellan dina ben och tar tag i din kuk, smeker och fläktar den.

Vibratorn känns bra i rumpan.

Jag lägger den bredvid din anus och skjuter en av de två spetsarna, den tunna, som också är min favorit.

Detta glider in och jag lägger den andra spetsen mer mot mitten, bakom dina bollar, igen, och ser hur känslan tar dig till en annan nivå.

Dina händer greppar skrivbordet och dina ögon är slutna och ger efter för vad jag vill göra.

Men jag stannar så där, smeker lite medan jag låter surret få dig att undra vad som kommer att hända härnäst.

Jag stannar tvärt och säger åt dig att vända dig om.

Du gör det och ditt ansikte rodnar.

Du njöt verkligen av detta och kom närmare det tillstånd du vill ha.

Men jag föredrar att sakta ner för att ta dig tillbaka till min mun.

Jag är het som fan och jag tappar lite kontrollen.

Så jag får dig att sitta ner igen och jag knäböjer framför dig och ber dig smeka dig själv, men sakta.

"Skek dig själv min älskade."

När jag knäböjer framför dig och lutar mig bakåt på hälarna.

Jag sätter på vibratorn och gnuggar den på utsidan av min slida, över klitoris.

Det tar mindre än en sekund för mig att få orgasm.

Jag har mina ben och knän utspridda och jag lutar huvudet bakåt, sprider min fitta med händerna och vill att du ska se mina orgasmmuskler röra sig.

Jag håller i vibratorn tills jag är klar och mina egna safter rinner ut.

Jag tittar på dig och du onanerar, ökar takten.

Ditt tempo har ökat och det är så spännande att jag ligger på knäna och ber dig att komma över hela mitt ansikte och på bröstet.

Och ja, visst, det är så man gör.

Jag ser hur strålarna av din mjölk kommer ut mot mig.

Men det slutar med att du sprutar på datorskärmen och på tangentbordet .

Vi säger hejdå tills en annan gång och du stänger av webbkameran.

VÄLKOMMEN FUKTIGHET

33

Glenn kommer hem efter en hård dag på jobbet och lämnar sin portfölj och kappa vid dörren.

Han tycker att huset är ovanligt tyst men lägger inte så mycket uppmärksamhet på det och beger sig till sovrummet.

När han går uppför trappan luktar han den underbara doften av sin älskade fru Susans parfym.

När han når trappavsatsen hör han de svaga ljuden av musik som svagt flyr genom dörren till hans rum.

Han ser till att inte göra något oväsen och öppnar långsamt dörren.

"Susan?" Säger han med ganska djup mansröst.

När dörren öppnas bredare och bredare får synen av hans nakna kropp som ligger på sängen honom att rysa.

"Ja älskling." säger hon med kvav röst.

Han börjar gå mot sängen, men hon säger åt honom att sluta.

Förbryllad gör han som han blir tillsagd, och vet att hon har något på hjärtat.

Hon reser sig ur sängen.

Hans kropp rör sig med stor grace.

Han kan inte låta bli att vara fixerad vid hennes läckra bröst som rör sig något när hon går mot honom.

Han känner hur hans kuk hårdnar när hans tankar passerar "Hon är så vacker".

Hon sträcker ut sina händer och löser hans bälte.

Även hans byxor, han knäpper upp dem och sänker dem.

Detta får honom att darra av spänning.

Eftersom hon ser honom så upphetsad, ler hon och drar ner hans boxare med ett hungrigt behov av att suga hans hårda lem.

Hon lägger försiktigt händerna på hans nu upprättstående kuk och smeker den långsamt.

Han sticker sedan ut tungan och slickar huvudet innan han stoppar det i munnen.

Han stönar när hon börjar suga hans hårda kuk.

Flytta den in och ut ur munnen snabbare och snabbare.

Sedan återgår han långsamt till ett lågt tempo och virvlar tungan runt huvudet samtidigt som han stryker den med handen.

Han stönar när hennes hand smeker det rosa huvudet på hans kuk.

Sedan slickar hon hans bollar till toppen av hans kuk.

Hon tar den ur munnen och reser sig för att kyssa honom passionerat samtidigt som hon tar av sig hans skjorta.

Han slår sina varma armar om henne, drar henne närmare sig, känner hur hennes bröst pressas mot hans bröst.

När de kysser, rinner hans händer nedför hennes kropp och känner hennes mjuka hud under hans fingertoppar.

Hans händer rör sig över hennes rumpa och han klämmer hårt på den.

Han lyfter henne i rumpan som virar hennes ben runt hans midja och går mot sängen.

Han lägger henne försiktigt och rör sig ovanpå henne.

Han kysser henne djupt och går ner till hennes hals och bröst.

Han slickar långsamt runt hennes högra bröst när han kommer närmare hennes nu upprättstående bröstvårta.

Han placerar hennes bröstvårta i munnen och suger på den och biter försiktigt i den.

Han flyttar till det andra bröstet, sträcker sig ner och börjar gnugga hennes klitoris, vilket gör att hon ökar andningen och börjar stöna lätt.

Han gnuggar snabbare när han kysser hennes mage med fokus på hennes navel.

Hon känner att hon blir väldigt blöt och andningen blir snabbare.

Han kysser hennes söta kulle och ersätter sedan sina fingrar med sin tunga.

Sug försiktigt och biter hennes klitoris.

Detta skickar henne på en våg av njutning, stönande.

Sedan för hon in ett finger som rinner förbi hennes svullna fittläppar och in i den där hemliga, hala fläcken.

Han glider sakta in och ut fingret och för sedan snabbt in ytterligare ett finger medan hon stönar.

Han fortsätter att koncentrera sig på att suga hennes klitoris medan hans fingrar träffar den där speciella platsen inuti henne som han vet gör henne helt galen.

Hon stönar högt och känner en stickande känsla från höger ben upp och runt kroppen och ut till vänster ben.

"Oh baby!" stönar hon, "Det känns så bra!"

Glenn vet att om han fortsätter så här kommer hon definitivt att gå över kanten, så han saktar ner och kysser henne tillbaka för att sluka hennes mun.

De delar en passionerad kyss.

Deras tungor dansar tillsammans.

Han tar bort fingrarna från hennes nu genomblöta fitta och börjar massera hennes högra bröst.

Hennes stön undertryckt av kyssarna.

Kysen avbryts och hon viskar i hans öra:

"Jag behöver dig inom mig, älskling."

Omnämnandet av hans hårda kuk som glider in i sin älskares våta fitta får honom att grymta av lust och han rör sig ovanpå henne.

Han sprider hennes ben med sina höfter och placerar sig för att komma in i henne.

Han leker med det, sätter bara in huvudet och drar sig sedan långsamt tillbaka.

"Snälla ge allt till mig." Hon ber honom, men han vinner och hänger med i spelets tempo, sätter bara in spetsen och drar tillbaka den när hon börjar stöna.

Till slut, vid en oväntad tidpunkt, kör han sin hårda lem hela vägen för att få henne att skrika.

Han börjar sakta trycka in och ut ur henne med långa, hårda slag.

Han börjar stryka hårdare och snabbare och drar i hennes rumpa för djupare penetration.

"Åh gud, du mår så bra inom mig. Jag älskar dig så mycket när du knullar min fitta."

Vid detta morrar han och drar sig plötsligt tillbaka.

Han gör en gest åt henne att vända sig om och hon gör det snabbt med ett hopp av spänning.

Han vet att det är en av hennes favoritställningar att gå in i henne bakifrån och han älskar också att ge henne det på det sättet.

Han sätter in sin kuk i henne och börjar stöta hårt och snabbt.

Hon stönar högt och säger till honom högre.

Han älskar att knulla sin underbara fru, så han börjar bli hårdare mot henne.

Hans kropp och bollar dunkade mot hennes nu röda rumpa.

Hon börjar trycka tillbaka in i hans stötar, vilket gör att hans kuk går ännu djupare inuti.

De stönar båda av njutning.

"Åh, jag ska sperma, älskling. Är du redo för min sperma?"

"Åh ja älskling, jag kommer också att sperma."

Några fler slag och Susan skriker av njutning och hennes kropp börjar skaka när hennes orgasm överväldigar henne.

Glenn känner att väggarna i hennes fitta börjar mjölka hans kuk och han orkar inte längre.

Morrande hennes namn, han skjuter sin heta sperma djupt inuti hennes nu krämiga och våta fitta.

Susan, utmattad av sin explosion, vilar på sina armbågar när hon känner hur han skjuter in några fler sprutar av sperma i henne.

Nöjd, och försöker att inte falla ovanpå henne, drar han sig långsamt tillbaka från hennes fitta och tar henne i midjan och drar upp henne i sängen med sig.

De ser in i varandras ögon, båda grumlade av de kraftfulla orgasmerna som just hade passerat genom deras kroppar för bara några sekunder sedan .

En tillfredsställelse av ömsesidig kunskap dröjer kvar i rummet när de två somnar i varandras armar.

KLÄDD FÖR ANLÄGET

39

Nattens tystnad omgav henne, tryckte ner henne med sitt lugn och försökte lugna hennes ångest.

Det kunde dock inte lugna henne.

Otyglade känslor som hon inte var van vid, och aldrig hade upplevt förut , strömmade genom hennes kropp och gjorde henne nervös.

Hennes klackar klickade mjukt längs den asfalterade stigen när hon tittade upp mot himlen.

Varför ska du dit ikväll?

Varför hade hon klätt sig så?

Hon kunde känna kraften som hans blick hade över henne.

Hon suckade och lät sitt sinne sluta tänka på händelserna som kunde hända ikväll.

* * *

Det kändes som att varje öga var på henne när hon kom in i lokalerna.

Hennes stiletter klickade mot trägolvet när hon korsade dansgolvet och närmade sig baren.

Kjolen på hennes röda och svarta outfit svajade från sida till sida för varje steg, den röda randen flödade mot hennes knä medan den svarta vilade några centimeter ovanför den.

Blusen hängde löst från hennes axlar, nerför hennes bröst, studsade precis tillräckligt för att dra uppmärksamheten till sig för varje steg hon tog och visade en generös mängd hud.

Och utan bh.

Hon visste hur hon såg ut i den här outfiten.

Hon såg ut som en slampa.

Hon hade avslutat looken med en svart spetschoker runt halsen och bara en touch av rött läppstift.

Han satt mellan en man och en kvinna och log mot servitören.

"Hej James."

"Samy. Det är trevligt att se dig igen." Han lät sina ögon sakta glida över hennes ansikte och bröst. "Mycket bra faktiskt. Och vem är tillfället för?"

Hon skakade på huvudet och log, vilket fick en sträng lockar att falla över hennes öra.

"Det finns inget tillfälle. Jag kände bara för att klä mig så."

Han sträckte sig över stången och stoppade locket bakom hennes öra.

Hans fingrar borstade sidan av hennes kind och hon glömde nästan hur hon skulle andas.

"Du borde klä dig så här oftare."

"Kanske jag gör."

"Jag går ledigt från jobbet nu ikväll runt elva. Vill du dansa efteråt?"

Hon nickade sakta, utan att kunna slita sin blick från hans.

Med mycket långsam precision lutade han sig över stången och förde sina läppar mot hennes, och fördjupade kyssen precis så mycket att hon ville ha mer innan han drog sig undan.

"Ungefär tjugo minuter."

* * *

Dessa tjugo minuter hade aldrig verkat längre i Samys liv.

Hon tittade på allt omkring sig hela tiden medveten om varje rörelse han gjorde utan att ens titta på honom.

Det var som om hennes sinnen var inställda på hennes kropp, men hon hoppade ändå när han rörde vid henne på baksidan av axeln.

Han hade knäppt upp kragen på sin svarta skjorta och log mot henne och sträckte fram handen.

"Jag tror att du är skyldig mig en dans."

När hon lade sin hand i hans var det som om en liten stöt av elektricitet gick genom hennes kropp.

Han log när han ledde henne till ett hörn av dansgolvet och drog henne sedan intill sin kropp när låten ändrades.

Det var långsamt och förföriskt, och hans slag verkade matcha hennes hjärta när hon tryckte mot honom.

Och precis så var hon skarpt medveten om de hårda konturerna som böljade mot hennes mjuka kropp.

Hon lade armarna runt honom och tryckte sina händer mot hans mjuka bakre kurvor medan de svajade fram och tillbaka.

Han lutade sig ner och tryckte sina läppar mot hennes, försiktigt skilde dem åt och förförde henne med tungan.

Hans hand gled lägre på hennes rygg, vilande på hennes höft, gled tillräckligt lågt för att smeka ena kinden på hennes rumpa när han drog hennes underkropp mot sin.

Hon flämtade när hon kände hur hårt han verkligen tryckte mot henne och hon kunde ha svurit att hon hörde honom stöna.

Men precis som han gjorde ropade den andra servitören på honom och han suckade och hängde bakåt med huvudet.

"Samy...jag kommer genast tillbaka. Jag svär att jag kommer. Gå ingenstans."

Hon nickade något dumt när hon gick bort från dansgolvet och in i en avskild bås.

Han såg hur James gick tillbaka in i baren och lutade sig över honom igen och pratade med Joseph.

Joseph var bartendern för natten.

Han tog alltid över när James gick i pension.

När han såg en lång, långbent blondin gå med dem insåg han något.

Hon var inte en sån tjej.

Jag hade ingen aning om vad jag gjorde.

James var den typen av man som alltid hade vilken tjej som helst tillgänglig, vilken lång, blond, supersexig tjej som helst.

Och hon var kort, mörk och latinsk.

Hon sprang iväg.

Så snabbt och tyst han kunde.

Han gick mot dörren och när han tittade sig över axeln såg han blondinen luta sig nära James och köra fingrarna uppför hans arm.

Hon suckade och skakade på huvudet medan hon fortsatte sin väg.

Det skulle inte vara bra att stanna upp och tänka på det.

Hennes fötter började göra ont i hälarna, så hon tog av dem och steg bort från kullerstensgången och lät fötterna leda henne till kanten av floden hon kände så väl.

Han stack ner fötterna i flodstranden och bara tittade länge på vattnet.

"Vad tänkte jag?" Hon mumlade till slut.

"Det är vad jag skulle vilja veta."

Hon nästan skrek när hon vände sig om.

James stod bakom henne, armarna korsade argt och rynkade pannan.

Men rynkan ersattes långsamt av en blick av förvirring och oro.

"Samy, du gråter. Vad är det för fel?"

Hon tittade bort från honom och gick över floden till den andra gräsbanken.

"Jag borde inte ha gjort det. Jag skulle inte ha kommit till baren ikväll klädd så. Jag borde inte ha trott att jag hade en chans."

"Samy, vad fan pratar du om?"

Han gick fram och släppte sin hand på hennes axel.

Hon skakade, hon var kall.

Han tog hastigt av sig kappan och draperade den över hennes axlar, rörde sig bakom henne för att gnugga hennes armar.

"Du såg vacker ut där inne. Jag tror att jag glömde hur jag var tvungen att andas när du kom in."

"Jag har sett kvinnorna du vanligtvis är med. Jag är inte som dem, James. Jag är inte elegant eller supersexig. Jag är inte blond, lång eller långbent, eller har en perfekt kropp gillar dem. Jag har ingen lösning . "mot det. Jag visste inte ens vad jag gjorde." Hon avslutade viskande.

"Verkligen? Du kunde ha lurat mig där inne."

Han vände henne mot sig och lutade sig framåt och tryckte sina läppar mot hennes hals.

Hon ryste.

"Din kropp kändes perfekt när du tryckte mig mot dig på det där dansgolvet."

Han sträckte sig upp och kupade hennes bröst och spårade konturerna av hennes bröstvårta genom hennes blus.

Det fick henne att rysa lite.

"De verkade verkligen veta vad de ville göra när vi kysstes och tryckte ihop."

Han lutade sig över henne och tvingade ner henne tills hon låg på golvet.

"Låt mig visa dig, Samy. Låt mig visa dig att du är mer än du tror."

Hans läppar gled mot hennes innan de gled nerför hennes hals och över den tunna blusen som täckte hennes bröst.

Hennes andetag fastnade i halsen när hans läppar först hittade den ena bröstvårtan och sedan den andra, och sög sakta på dem medan hon välvde sig in i hans beröring.

Hans fingrar hittade skickligt fållen på hennes skjorta och började sakta dra upp den och retade hennes hud när den visade sig.

Han lyfte den förbi hennes bröst och höll den precis ovanför dem medan han kysste hennes högra bröst och smakade på hennes hud.

Hon stönade när James äntligen förde sina läppar till toppen av hennes bröst, tog bröstvårtan mellan tänderna och drog försiktigt i den innan hon sög på den.

Hon stönade ännu högre när hans hand började knåda hennes andra bröst och rullade hans handflata över hennes bröstvårta upprepade gånger.

"Du ser?" Han andades mot hennes hud. "Du är den perfekta kvinnan".

Han började kyssa henne på väg ner och spårade cirklar runt hennes navel med tungan.

James log mot henne när han sträckte sig efter hennes kjol och istället för att dra ner den tryckte han upp den.

Framsidan viks bakåt och i nästa ögonblick placerade han mjuka, lekfulla kyssar längs hennes heta kulle ovanför hennes trosor.

Hon var redan blöt.

Hon kunde känna honom genom sina trosor när han gned sin näsa mot henne.

Hon darrade under honom och han strök försiktigt hennes fingrar upp och ner medan han använde sina tänder för att glida ner hennes trosor.

Han kysste henne igen, utan någon barriär mellan hans läppar och hennes fitta.

Han började glida sin tunga längs hennes slits och hon stönade, hennes höfter böjde sig vilt så att han tryckte sin tunga djupt in i henne och spårade den över hennes klitoris.

Samy stönade och böjde sig mot sin tunga, njutningen strömmade genom henne när han betade sina tänder mot hennes klitoris och gled in ett finger inuti henne.

"Jag ljög," andades han mot hennes klitoris. "Jag glömde inte bara hur man andas."

James sög försiktigt på hennes klitoris, hans finger pumpade in och ut ur hennes täthet.

"Jag kom nästan i byxorna bara och tittade på dig tidigare."

Hennes fingrar grep tag i hans hår och han log mot hennes fitta när han gled in ett andra finger inuti henne, körde sin tunga över hennes klitoris upprepade gånger tills hennes kropp darrade under hans mun.

Hans fingrar strök henne, in och ut, spännande henne, lockade hennes kropp att svara tills hon gungade mot hans hand och tunga.

"James," hennes röst nästan vacklade när den slingrade sig i hans hand. "Snälla sluta inte nu!"

Hans ord kom ut i en mjuk vetande ton, men steg snabbt i volym när hon skrek av njutning.

Han bet försiktigt hennes klitoris och sög nu hårt på den, hans fingrar tryckte hårt in i henne och tog hennes klimax.

Han söp ivrigt upp hennes safter och när darrningen i hennes kropp saktade,

När han var klar flyttade han över henne.

Han log och vilade sin panna mot hennes, lät sin kropp borsta mot hennes medan han tittade in i hennes ögon.

"Jag sa ju att du är lika mycket av en kvinna som de är, om inte mer."

Hans ögon blixtrade till med något som kunde ha varit tvivel när han tittade in i James ögon, men sedan lät han fingrarna rinna över bröstet och ner till den hårda utbuktningen i byxorna.

"Är det därför du har det så svårt?

För att jag är en kvinna som dem?"

Hennes fingrar strök upp och ner mot hans kuk, och han kunde inte hjälpa stönet som gled förbi hans läppar.

Men han hade ingen chans att svara eftersom hennes läppar hittade hans och alla tankar raderades från hans sinne.

Hennes fingrar gled mot hans bröst och hon började skickligt knäppa upp hans skjorta.

Hon drog snabbt upp den ur hans byxor och knuffade honom åt sidan samtidigt som hon drog av honom tröjan helt.

Knappen på hans byxor öppnades och dragkedjan gled nästan av sig själv.

Hon drog ner hans byxor och boxare tillräckligt för att frigöra hans kuk och lindade sin lilla hand runt den, strök den långsamt så att han stönade och tryckte sig ivrigt mot hennes hand.

Han stönade irriterat och reste sig, tog av sig byxorna och boxarna i en rörelse och vände sig mot henne.

Hon låg nu på knä och log mot honom när hon återigen lade sin hand runt honom.

Han lutade sig över henne, gav henne långsamma smekningar och slöt ögonen.

I nästa ögonblick spred han dem dock medan hennes läppar lindade sig runt hans kuk, långsamt flyttade dem upp och ner på hans hårda lem.

Han lade nu händerna på hennes bakhuvud och började sakta trycka henne in och ut ur hennes mun, stönande medan hon sög honom med varje rörelse.

Det tog inte lång tid för de mjuka slagen att bli snabba och korta, Samy sög honom hårdare ju snabbare han rörde huvudet.

Hennes hand smekte hans bollar och rullade dem fram och tillbaka medan hennes mun spändes runt honom.

När hon lekte med tungan på hans kuk, exploderade han i hennes mun.

Hon svalde snabbt när han skickade in sin last i henne, tryckte hennes mun och hals mot hans kuk vilket gjorde att han kom ännu hårdare och med fler sprutningar, tills han till slut förbrukade sig själv.

Hon gled långsamt ut kuken ur munnen och lät blicken falla i golvet.

Han föll på knä framför henne och lade handen mot hennes kind.

De var bara ett steg bort när James finger spårade sidan av hennes ansikte, doppade hans finger under hennes haka och lyfte hennes ögon mot hans.

"Vi är inte klara än."

Hans röst var så låg att det fick rysningar längs hennes ryggrad när hon stirrade på honom förundrat.

Han lutade sig in och tryckte sina läppar mot henne och fördjupade snabbt kyssen.

När hans tunga gled förbi hennes läppar gled en hand bakom henne och drog henne mot honom så att de blev kött mot kött.

Hennes bröstvårtor pressade lyckligt mot hans bröst, och hans nya erektion pressade hårt mot hans nedre mage.

Hon rörde sig och gned sin kropp längs honom långsamt, vilket fick honom att stöna när deras kyss blev febrig.

Han la ner henne tillbaka och förde hennes kjol uppför hennes ben.

Han tittade på henne en lång stund innan han flyttade.

Han lutade sig över henne igen och gav en lätt kyss på hennes mage, precis ovanför hennes navel.

Han log mot hennes varma hud och började kyssa uppåt och vända på sina tidigare handlingar.

Hans läppar retades knappt mot hennes bröst innan de lade sig på hennes hals och smekte hennes hjärtslag.

Han bultade mellan hennes ben, hans lem tryckte mot hennes våta slits när hon lindade sina ben runt hans midja och han gled sina armar runt henne.

I en snabb rörelse satt James med henne i sitt knä och, om detta var möjligt, tryckte han sin kuk ännu längre in i henne.

Hon vred sig lite och han stönade.

Han kysste henne tills han nådde strax under hennes öra och drog försiktigt i hennes lob.

"Säg mig, Samy, vill du ha det?"

Hans andetag var het mot hennes hud och hon darrade.

"Vill du ha min stora, hårda kuk begravd i dig?"

Samys svar lät nästan som ett stön när hon gned sig mot honom.

"Ja. Snälla, James, jag har velat ha det här sedan..." men hon stannade snabbt, en rodnad fortfarande på hennes kinder, och tittade bort.

James hade ingen aning om det.

Han tvingade tillbaka sin blick mot hennes och vilade sin erektion mot henne.

"Avsluta det du sa."

Hon stönade och hennes naglar grävde lätt in i hans hud.

"Jag har velat det här sedan jag träffade dig."

"Säg mig då hur illa du vill ha det."

Det var inget krav, snarare en förfrågan när han förde sina fingrar över hennes bröst och långsamt knådade hennes kött.

Han kunde känna hennes värme stråla mot hans kuk, och han gjorde allt han kunde för att inte bara kasta ut den och ta den.

Hennes svar förvånade honom och krossade all självkontroll han hade använt.

"Jag vill inte ha det. Jag behöver det, James."

Hennes ögon var låsta på hans nu, och han stönade mjukt mot hennes hud när hon pressade sig hårdare.

"Jag behöver det så mycket, jag har drömt om det så länge. Snälla. Jag behöver att du knullar mig."

Jag kunde inte neka honom det längre.

Han kunde inte hålla tillbaka längre efter det.

Han lyfte henne tills hans kukhuvud trycktes mot hennes öppning och släppte det sedan snabbt på henne.

De stönade båda.

Hennes fitta var så tight runt hans kuk att när han började röra henne upp och ner på sin lem, verkade hans hårda längd ännu större innesluten i henne.

Hon stönade och använde hennes ben för hävstångseffekt började studsa på hans kuk.

Hennes bröst studsade fritt mot honom och hennes bröstvårtor vinkade till honom när han lutade sig framåt och började dia.

Hon stönade och började studsa snabbare på hans kuk, stötte sig om och om igen.

Hans läppar retade hennes bröstvårtor, drog in dem och sög, sedan körde hans tunga över dem och nafsade medan hon guppade med sina studsar, stönade mot huden och skickade vibrationer genom hennes bett.

Hennes fitta var så blöt att fukt rann nerför hans kuk, och han stönade när hon avsiktligt knöt sin slits runt honom, vilket fick honom att motstå henne mer.

Han lutade dem båda så att hon var på rygg igen i gräset och började dunka hans kuk hårt in och ut ur henne.

Samy stönade ännu högre, med naglarna krattade ryggen när en annan hård stöt förde henne tillbaka till sin klimax.

Den snäva spasmen runt hans kuk fick även James att sperma och han smällde in i henne ännu snabbare, grymtande när hans varma sperma fyllde henne tills det rann ner för hennes lår.

Han föll åt sidan och flämtade.

Sedan drog han henne mot sig och gav mjuka kyssar på sidan av hennes ansikte.

"Nu, kommer det att dröja ytterligare fem år innan du är modig nog att göra det här igen?"

Han log och kysste hennes läppar.

"Inte någonsin, James."

Samy log och strök sina läppar mot hans.

"Bra, för jag tror inte att jag kan hålla händerna från dig mer än en dag eller två."

Samys skratt ekade över sjön och James log när han satte sig upp och kysste henne djupt.

Detta kan definitivt vara början på något mycket intressant.

OVÄNTAT MOTTAGANDE

53

Glenn kommer hem efter en hård dag på jobbet och lämnar sin portfölj och kappa vid dörren.

Han tycker att huset är ovanligt tyst men lägger inte så mycket uppmärksamhet på det och beger sig till sovrummet.

När han går uppför trappan luktar han den underbara doften av sin älskade fru Susans parfym.

När han når trappavsatsen hör han de svaga ljuden av musik som svagt flyr genom dörren till hans rum.

Han ser till att inte göra något oväsen och öppnar långsamt dörren.

"Susan?" Säger han med ganska djup mansröst.

När dörren öppnas bredare och bredare får synen av hans nakna kropp som ligger på sängen honom att rysa.

"Ja älskling." säger hon med kvav röst.

Han börjar gå mot sängen, men hon säger åt honom att sluta.

Förbryllad gör han som han blir tillsagd, och vet att hon har något på hjärtat.

Hon reser sig ur sängen.

Hans kropp rör sig med stor grace.

Han kan inte låta bli att vara fixerad vid hennes läckra bröst som rör sig något när hon går mot honom.

Han känner hur hans kuk hårdnar när hans tankar passerar
"Hon är så vacker".

Hon sträcker ut sina händer och löser hans bälte.

Även hans byxor, han knäpper upp dem och sänker dem.

Detta får honom att darra av spänning.

Eftersom hon ser honom så upphetsad, ler hon och drar ner hans boxare med ett hungrigt behov av att suga hans hårda lem.

Hon lägger försiktigt händerna på hans nu upprättstående kuk och smeker den långsamt.

Han sticker sedan ut tungan och slickar huvudet innan han stoppar det i munnen.

Han stönar när hon börjar suga hans hårda kuk.

Flytta den in och ut ur munnen snabbare och snabbare.

Sedan återgår han långsamt till ett lågt tempo och virvlar tungan runt huvudet samtidigt som han stryker den med handen.

Han stönar när hennes hand smeker det rosa huvudet på hans kuk.

Sedan slickar hon hans bollar till toppen av hans kuk.

Hon tar den ur munnen och reser sig för att kyssa honom passionerat samtidigt som hon tar av sig hans skjorta.

Han slår sina varma armar om henne, drar henne närmare sig, känner hur hennes bröst pressas mot hans bröst.

När de kysser, rinner hans händer nedför hennes kropp och känner hennes mjuka hud under hans fingertoppar.

Hans händer rör sig över hennes rumpa och han klämmer hårt på den.

Han lyfter henne i rumpan som virar hennes ben runt hans midja och går mot sängen.

Han lägger henne försiktigt och rör sig ovanpå henne.

Han kysser henne djupt och går ner till hennes hals och bröst.

Han slickar långsamt runt hennes högra bröst när han kommer närmare hennes nu upprättstående bröstvårta.

Han placerar hennes bröstvårta i munnen och suger på den och biter försiktigt i den.

Han flyttar till det andra bröstet, sträcker sig ner och börjar gnugga hennes klitoris, vilket gör att hon ökar andningen och börjar stöna lätt.

Han gnuggar snabbare när han kysser hennes mage med fokus på hennes navel.

Hon känner att hon blir väldigt blöt och andningen blir snabbare.

Han kysser hennes söta kulle och ersätter sedan sina fingrar med sin tunga.

Sug försiktigt och biter hennes klitoris.

Detta skickar henne på en våg av njutning, stönande.

Sedan för hon in ett finger som rinner förbi hennes svullna fittläppar och in i den där hemliga, hala fläcken.

Han glider sakta in och ut fingret och för sedan snabbt in ytterligare ett finger medan hon stönar.

Han fortsätter att koncentrera sig på att suga hennes klitoris medan hans fingrar träffar den där speciella platsen inuti henne som han vet gör henne helt galen.

Hon stönar högt och känner en stickande känsla från höger ben upp och runt kroppen och ut till vänster ben.

"Oh baby!" stönar hon, "Det känns så bra!"

Glenn vet att om han fortsätter så här kommer hon definitivt att gå över kanten, så han saktar ner och kysser henne tillbaka för att sluka hennes mun.

De delar en passionerad kyss.

Deras tungor dansar tillsammans.

Han tar bort fingrarna från hennes nu genomblöta fitta och börjar massera hennes högra bröst.

Hennes stön undertryckt av kyssarna.

Kysen avbryts och hon viskar i hans öra:

"Jag behöver dig inom mig, älskling."

Omnämnandet av hans hårda kuk som glider in i sin älskares våta fitta får honom att grymta av lust och han rör sig ovanpå henne.

Han sprider hennes ben med sina höfter och placerar sig för att komma in i henne.

Han leker med det, sätter bara in huvudet och drar sig sedan långsamt tillbaka.

"Snälla ge allt till mig." Hon ber honom, men han vinner och hänger med i spelets tempo, sätter bara in spetsen och drar tillbaka den när hon börjar stöna.

Till slut, vid en oväntad tidpunkt, kör han sin hårda lem hela vägen för att få henne att skrika.

Han börjar sakta trycka in och ut ur henne med långa, hårda slag.

Han börjar stryka hårdare och snabbare och drar i hennes rumpa för djupare penetration.

"Åh gud, du mår så bra inom mig. Jag älskar dig så mycket när du knullar min fitta."

Vid detta morrar han och drar sig plötsligt tillbaka.

Han gör en gest åt henne att vända sig om och hon gör det snabbt med ett hopp av spänning.

Han vet att det är en av hennes favoritställningar att gå in i henne bakifrån och han älskar också att ge henne det på det sättet.

Han sätter in sin kuk i henne och börjar stöta hårt och snabbt.

Hon stönar högt och säger till honom högre.

Han älskar att knulla sin underbara fru, så han börjar bli hårdare mot henne.

Hans kropp och bollar dunkade mot hennes nu röda rumpa.

Hon börjar trycka tillbaka in i hans stötar, vilket gör att hans kuk går ännu djupare inuti.

De stönar båda av njutning.

"Åh, jag ska sperma, älskling. Är du redo för min sperma?"

"Åh ja älskling, jag kommer också att sperma."

Några fler slag och Susan skriker av njutning och hennes kropp börjar skaka när hennes orgasm överväldigar henne.

Glenn känner att väggarna i hennes fitta börjar mjölka hans kuk och han orkar inte längre.

Morrande hennes namn, han skjuter sin heta sperma djupt inuti hennes nu krämiga och våta fitta.

Susan, utmattad av sin explosion, vilar på sina armbågar när hon känner hur han skjuter in några fler sprutar av sperma i henne.

Nöjd, och försöker att inte falla ovanpå henne, drar han sig långsamt tillbaka från hennes fitta och tar henne i midjan och drar upp henne i sängen med sig.

De ser in i varandras ögon, båda grumlade av de kraftfulla orgasmerna som just hade passerat genom deras kroppar för bara några sekunder sedan .

En tillfredsställelse av ömsesidig kunskap dröjer kvar i rummet när de två somnar i varandras armar.

MISSNÖJD

59

Det är en sval morgon.

Jag måste gå till jobbet, men jag känner inte för att gå upp.

När jag ligger här, tänker jag på att älska dig.

Jag kan se dina ögon titta på mig, ler mot mig.

Jag kan redan känna värmen byggas upp i mitt gren.

Jag drar min hand försiktigt över mina bröst som om dina ögon följer den.

Mina bröstvårtor svarar omedelbart och hårdnar.

Jag lyfter bröstet för att försiktigt suga in en bröstvårta i min mun.

Jag känner hur dina läppar sluter sig runt den andra bröstvårtan och ett djupt stön flyr från mina läppar.

Jag känner saften när den börjar glida ner från insidan av min fitta.

Jag rör mina händer runt magen och sedan ner till magen och föreställer mig att dina händer rör vid mig.

Jag glider sakta in mitt långfinger i vätan och värmen.

Jag klämmer på mitt finger som om din kuk är begravd djupt inuti mig.

Genom att glida fingret in och ut börjar mina höfter röra sig i en cirkulär rörelse.

Jag känner att mitt finger vill ha mer av känslan som skapas.

Min handflata har fångat saften som nu kommer ur min fitta.

Jag slickar den söta smaken av min handflata och glider in mitt långa finger i min mun och föreställer mig att det är din läckra kuk.

Jag omger sakta fingertoppen med min tunga som om det vore din kukhuvud.

Jag flyttar min tunga längs fingret, virvlar runt det för att fånga upp varje bit av juice.

Jag stänger mina läppar hårt runt foten av mitt finger och glider min mun till spetsen och börjar arbeta min tunga runt toppen av mitt finger.

Vad tror du att din kuk är begravd i min mun?

Ser mitt huvud röra sig upp och ner, suger dig djupt in i min hals med mina munmuskler som arbetar.

Jag suger din kuk och du kan känna min tunga och mun suga dig precis som jag känner att du har sugit på mina bröstvårtor.

Min tunga rör sig överallt , mina våta läppar rör sig hela tiden med behovet av att suga dig hårdare, snabbare och djupare.

Jag är väldigt exalterad över tanken på att känna att du är begravd i mig.

Jag tar mitt finger och skjuter tillbaka det i min fitta och ser till att det är genomblött.

Jag tar ut fingret och gnuggar det över hela min slits och doppar in det igen för mer fukt.

Den här gången gnuggar jag även mitt täta bakre hål.

Jag glider sakta in ett finger och orgasmen kommer omedelbart.

Jag skulle älska att du knullade mig med dina fingrar och din kuk på samma gång.

Jag älskar tanken på att bli fylld av dig.

Jag rullar upp på magen och börjar arbeta på min klitoris med båda händerna.

Flyttar mina händer mot min mage, trycker hårt på min söta kulle.

Jag knullar mig själv med händerna tills jag känner att känslan börjar.

Känslan börjar djupt ner och får mig att knyta ihop mig när jag går för att sperma igen.

Jag rör mina höfter snabbare, mina fötter kryper ihop sig med behovet av att explodera inuti när jag knullar mig själv.

Ett långt, djupt, gutturalt stön undkommer när jag fullkomligt kulminerar och exploderar.

Utmattad ligger jag på rygg, tänker på vad jag just upplevt och känner mig upphetsad igen.

Jag frågar mig hela tiden "vad är det här för trollformel du har på mig"?

Ingen man har tändt mig så mycket som du.

Jag ser dig i mitt sinne, den kärleksfulla och sexiga mannen som du är.

Jag kan känna dina mjuka, söta läppar på mina.

Sättet som din silkeslena tunga skisserar mina läppar och det mjuka bettet av dina tänder.

Sättet din tunga glider djupt in i min mun och smakar hur hungrig jag är på dig.

Sättet som din tunga omger min och det söta utbytet av ditt saliv blandas med min.

Jag kan känna din varma mun när den rör sig mot mitt öra och värmen från din tungspets när den darrar in.

Den mjuka viskningen av mitt namn ger en ström av sperma rakt in i min söta fitta och din mun rör sig till mina hårda, upprättstående bröstvårtor.

Sakta cirklar din tunga min vänstra bröstvårta och du blåser så mjukt.

Du stänger munnen över min reaktiva hårdhet och jag stönar.

Min högra hand börjar glida över mina bröstvårtor och jag lyfter det vänstra bröstet mot min mun för att försiktigt suga på bröstvårtan och imitera hur din mun skulle kännas.

Sakta glider mina fingrar över mina revben mot magen och de långa, tunna fingrarna på min hand når min söta klitoris.

Försiktigt borstar spetsarna mot knappen och mitt långfinger glider in till den första knogen för att känna fukten som har samlats där.

Jag för mitt finger djupt för att släppa din sperma och fånga honungsjuicen i min handflata.

Jag slickar saften från min handflata och njuter av smaken och lukten av sex.

Jag skjuter mitt långfinger, ända fram till den första knogen, in i min mun och föreställer mig att det är huvudet på din kuk.

Sakta snurrar min tunga runt och smakar återigen på juicen och jag vet att det är din precum jag smakar på min tunga.

Min varma, blöta mun glider över mitt finger, som om det vore din heta, svullna lem.

Min mun stängs helt och glider upp till spetsen när min snäva mun suger precis det tänkta huvudet på din silkeslena kuk.

När jag ökar takten med att knulla med fingret i munnen kan jag nästan känna spänningen i dina bollar när sperma börjar stiga.

Just vid denna tanke känner jag hur vätan glider ur min fitta och jag vet att jag måste knulla mig själv.

Jag rullar snabbt upp på magen, mina händer sträcker sig efter min fitta.

Jag trycker dem hårt mot min kulle, fingrarnas dynor hittar min klitoris.

Mina höfter börjar sakta rotera, runt och runt när mina fot- och benmuskler börjar spännas och mina fingrar jobbar på min söta fitta.

Jag ser dig komma in bakifrån och jag föreställer mig din kuk, genomdränkt av mina juicer och glittrande i väta när den glider in och ut ur min fitta.

Åh, fan, jag är så jävla tänd när mina fingrar och handflator trycker hårt... så hårt de kan som jag klimaxar.

Mina fötter och ben är sammanbitna, min kropp ryser av intensiteten.

Jag vänder mig på ryggen och föreställer mig din söta, bultande kuk inuti min spermatörstiga fitta.

Mina fittmuskler fortsätter att knyta ihop sig som om de suger sperma ur din kuk.

Och då ja, jag kan nästan känna din heta tunga när den glider upp och ner i min slits.

Din mun sluter sig över läpparna på min fitta och den snabba rörelsen av din tunga får mig att sperma i din mun.

Och du ställer dig upp, gränsar över min kropp och skjuter in din spermablöta kuk i min mun.

Jag njuter av smaken av våra blandade juicer medan jag suger och slickar rent.

Jag faller ihop på sängen, min kropp skakar fortfarande och pirrar.

Vilken underbar känsla du får mig att känna med dig.

SLUTET

65

Don't miss out!

Visit the website below and you can sign up to receive emails whenever Erika Sanders publishes a new book. There's no charge and no obligation.

https://books2read.com/r/B-A-IGGS-HWSOC

Connecting independent readers to independent writers.